Melodi

Joni Järvi-Laturi

Kannen kuva: Anthon Myski

EXT. POHJOIS-RUOTSI. AAMU.

Pohjois-Ruotsi, 2016.
Tiellä kulkee rekkoja ja pakettiautoja.
Kamera kuvaa niiden liikettä lintuperspektiivistä
kaksi minuuttia mystisen, piinaavan musiikin
soidessa taustalla alkutekstien pilkahtaessa ruudulla.

ENSIMMÄINEN OSA

EXT. ETÄINEN RAKENNUS LUULAJASSA. YÖ 2016.

INT. RAKENNUKSEN YLÄKERRAN MAKUUHUONE. YÖ. 2016.

Luulaja. Pohjois-Ruotsi.
On synkkä ja pimeä talvi. 50-vuotias
tummahiuksinen, armollisen mutta terävän
näköinen, kävelykepin kanssa kulkeva
Stefan Holm herää etäisessä paikassa
sijaitsevan valtavan, ränsistyneen
rakennuksen yläkerrasta.
Hän menee parvekkeelle katsomaan
lumista maisemaa.

Hän katsoo kiikareillaan parvekkeelta kohti
harakoita jotka lentävät näkyen kiikareiden
linssin suojaisessa turvassa. Stefanilla on
melankoliset silmät mutta humoristinen,
nöyrä hymy. Hänellä on rauhallinen, viisas
ääni joka kuuluu taustalla samalla kun hän
kirjoittaa.

STEFANIN ÄÄNI
Kauan, kauan sitten koin eläväni.
Kauan, kauan sitten koin eläväni
ihanuudessa. Ne olivat vuosia
1997-2001. Siitä lähtien olen ollut
masentunut. Työskentelin poliisina vuosina
1997-2009, sen jälkeen olen toiminut
yksityisetsivänä. Minua kiinnosti erään pop-
tähden katoaminen joka tapahtui vuonna
2001 mutta Ruotsin poliisi hylkäsi keissin
vuonna 2009 sillä naista ei ollut löydetty.
Kyseinen nainen, Karolina Lundberg, katosi
vuonna 2001.

Stefan kävelee asunnossaan.

STEFANIN ÄÄNI
Nyt on kulunut
15 vuotta hänen katoamisestaan.

Stefan pitelee käsissään musiikkilehteä
jossa on Karolinan kuvia.

Stefan kävelee asunnossaan. Sitten
hän alkaa kirjoittamaan runollista
tekstiä joka paljastuu hänen
monologissaan.

STEFANIN ÄÄNI
Hänen huulensa olivat kuin
tummanpunaiseksi
maalatut ihanat keitaat.
Hänen säärensä olivat
kuin laihat, elegantit pylväät.
Hänen hiuksensa olivat kuin
kiharaista, punaista Välimeren
rannan vaahtoa.

Stefan katsoo kohti seiniä.

STEFANIN ÄÄNI
Haluan mennä nyt kellariin.

INT. KELLARIN HUONE. YÖ.

Stefan kirjoittaa pimeässä kellarissa runouttaan.
Lamppu valaisee huonetta.

STEFANIN ÄÄNI
On yö. Olen unohduksen pimeydessä.
Unohduksen yössä. Haluan päästä pois siitä mutta
se on hankalaa. Näen ihmiset ympärilläni elämässä
elämää joka täyttyy täyttymyksillä ja kunnialla.
Heidän jokainen sulka hatussa on taas yksi viilto
sydämeeni, viilto joka kiertää ja kaartaa sitä.

Kuvaa Stefanista keittämässä
rauhallisesti spagettia
kellarissa.

STEFANIN ÄÄNI
Näen ihmiset menestyvän, näen miehet ja
naiset elävän elämäänsä ymmärrettyinä,
rakastettuina ja juhlittuina, samalla kun itse
katselen elämäni luisuvan ympäriltäni.

Kuvaa Stefanista olohuoneessaan
katsomassa televisiota.

STEFANIN ÄÄNI
Ja elämäni luisuu pois, elämäni luisuu

taaksepäin, aina vuoteen 2001, siihen päivään
jolloin Karolina Lundberg katosi.
Sillä sinä päivänä vaimoni murhattiin
enkä ikinä saanut selvitettyä kuka tappoi hänet.
Vaimoni nimi oli Hanna Lund ja hän oli
muusikko samoin kuin Karolina.
Joten aloin innostumaan Karolinan kohtalosta,
korvatakseni vaimoni poismenon aiheuttaman surun
mielestäni. Pitkä suru joka on vähentynyt
mutta elämäni, se ei ole parantunut.
Rakastin vaimoani enemmän kuin
mitään muuta maailmassa. Hanna
oli minulle elämäni kevät, suurin
voimanlähteeni.

INT. RAKENNUKSEN YLÄKERRAN MAKUUHUONE. YÖ

Stefan pitelee käsissään valokuvaa
vaimostaan Hanna Lundista.

Ukkonen yllättää Stefanin, hän
hätkähtää. Mutta on hiljaa.

Hän menee nukkumaan lattiaan
pedatulle patjalle. Ulkona pauhaa raivoava
myrsky.

Aamulla herätessään Stefan alkaa
kirjoittamaan jälleen, muttei runoutta
vaan tekstiä elämästään.

STEFANIN ÄÄNI
Huomenna ystäväni Mats tulee tänne.
Piiloudun kahdelta rikollisjengin
jäseneltä koska he teloivat jalkani
kaksi kuukautta sitten ja
haluavat tappaa minut. Jalkani ovat
kuin haavanlehtiä. Miehet voivat
löytää minut täältä sillä he asuvat
Luulajassa joten odotan Tukholmaan
menoa ensi kesänä jotta pääsen
eroon heistä ja takaisin töihin. He ovat
majoittuneet tänne Luulajaan mutten
tiedä missä he ovat. Luulajasta haluan
pois, kauas pois jotta elämäni järjestyy.
Menneisyys on jossain kaukana,
samoin tulevaisuus. On vain tämä
hetki jolloin masennus on kuin
se kuuluisa musta koira hartioilla.

Tämä on isäni kartano, tämä missä
asun mutta isäni on kuollut, samoin
kuin monet ihmiset elämässäni. Ai,
että kun kaipaan ihmisiä. Ai, että
kun kaipaan elämää ympärilleni.
Pidän huolen siitä että saan
ympärilleni vielä ihmisiä ja elämää.

INT. RAKENNUKSEN SAUNA. YÖ.

Sauna on pimeä ja ahdas. Stefan
vihtoo vihdalla selkäänsä ja hartioitaan.

Hän heittää kiukaalle vettä. Kohtaus
kestää minuutin. Seinällä on kuvia
Hannasta. Kamera pysähtyy kuvaamaan
niitä.

STEFAN
Joskus elämä on vain liian kivuliasta.

Stefan heittää löylyä kiukaaseen.

Sitten hän katsoo uudestaan kuvaa.
Se on saunan seinän yläkulmassa.

INT. YLÄKERRAN MAKUUHUONE. YÖ.

Samalla kun Stefan menee nukkumaan
viisi rottaa ilmestyy makuuhuoneen
lattialle. Ne ääntelevät kovaa.
Stefan nousee lattian patjalta.

STEFAN
Aina sama tuuri minulla.
Aina. No, en tahdo tappaa niitä
koska ne ovat luontokappaleita.

Hän menee taas piirongin luo
ja katsoo vanhoja pilkkisyöttejä
jotka ovat sinisessä rasiassa.
Laatikossa on myös vanhoja
kalastuslehtiä. Hän alkaa selailemaan
niitä kameran zoomatessa lehtien
sivuille.

Aamulla herätessään hän menee
rakennuksen alakertaan. Hän aukaisee
oven ja huomaa lumen peittäneen täysin

maan. Lunta on noin puoli metriä maan
pinnalla. Sitten hän ottaa kirjeen
eteisestä ja menee yläkertaan.

Yläkerrassa hän lukee kirjeen
joka on hänen vanhalta
ystävältään Matsilta.

Kirjeessä lukee:

Hei, Stefan. Tulisin sinne keskiviikkona.
Tuon ruokaa ja juomaa, lehtiä
ja kaikkea muuta. T. Mats.

Stefan alkaa kirjoittamaan runoa.

STEFANIN ÄÄNI
Aamujen puiset lattiat narahtelevat,
kuin vuodet jotka vierivät ympäri
metallisen masennuksen kolkon hiljaisuuden.
Metallinen talvi siintää edessä
lohduttomana ja mykkänä.
Mutta ystäväni saapuu läsnäolollaan
lohduttamaan ikuiselta vaikuttavaa
metallimasennustani. Ja se nainen, naisella oli
yllään musta leninki ja lohikäärmeen punainen tukka.
Hän ei sanonut sanaakaan. Kun hän lähti
pois elämästäni, hän ei sanonut sanaakaan.

Stefan avaa piirongin laatikon jossa on musiikkilehtiä
Karolinasta. Hän alkaa lukemaan niitä ja katselemaan
kuvia.

Piinaavan musiikin soidessa taustalla kamera
kuvaa Karolinan kasvoja, hiljalleen, musiikin
pelottavuuden lisääntyessä.

EXT. RAKENNUKSEN PIHA. ILTA

Sataa. Ilta on runollisen tumma.

INT. ULLAKKO. ILTA.

Stefan kävelee portaita pitkin ullakolle.
Sade piiskaa ullakon ikkunaan.
Stefan ottaa sateenvarjon laatikosta.
Sitten hän istuutuu alas ja alkaa
katselemaan isänsä valokuva-albumia.

Hän hymyilee valokuville katsellessaan
niitä. Albumissa näkyvät hänen äitinsä,
isänsä ja kaksi sisartaan.

Yhtäkkiä hän huomaa albumissa
punatukkaisen naisen, joka on
Hanna Lund, hänen vaimonsa
joka murhattiin. Stefan on surumielisen
näköinen. Hanna katselee kuvassa
poispäin, toisessa kuvassa
hän hymyilee kameraan päin.

INT. RAKENNUKSEN ALAKERRAN HUONE. AAMU.

Stefan on yläkerrassa. Matsin tullessa sisään,
kamera kuvaa häntä yläkerrasta.
Mats on miehekäs, rosoinen, pullean
karismaattinen ja lempeä mies jolla
on muhkea talvitakki ja reppu selässään.
Hän myös kantaa kahta valtavaa laukkua
hartioidensa yllä.

MATS
Missä olet Stefan?

Stefan laskeutuu alas portaita.

STEFAN
Hei, Mats.

MATS
(iloisena)
Hei, Stefan! Pitkästä aikaa.

STEFAN
Hienoa että tulit.
Olen kaivannut sinua.

MATS
Niin minäkin sinua.

STEFAN
Mitä olet tehnyt viime aikoina?

MATS
Olin koko viime kuukauden
ajan patikoimassa Itävallassa.

STEFAN
Toitko mitään erikoista?

MATS
Toin sanomalehtiä jotta
näkisit uutiset.

STEFAN
Kauanko aiot viipyä täällä?

MATS
Jotain kaksi viikkoa.

STEFAN
Mitä haluat tehdä?

MATS
(innostuen)
Ei kun mitä sinä haluat tehdä?

STEFAN
No minulla on televisio
täällä mutta se on piilossa.
Voimme asentaa sen ja
katsella sitä sitten.

MATS
Sopii hyvin minulle.

STEFAN
Mennään yläkertaan.

INT. RAKENNUKSEN YLÄKERRAN HUONE. ILTA.

Pimeässä huoneessa Mats ja Stefan
katsovat televisiosta ruotsalaista
uutislähetystä Yhdysvaltain presidentin-
vaaleista. Ruudulla näkyvät Hillary Clinton
ja Donald Trump kampanjoimassa.
He istuvat nojatuoleilla.

MATS
Ajatteletko vielä sitä mitä
tapahtui vuonna 2001?

STEFAN
En aina. Mutta aika usein.

MATS
Sinun täytyy jättää se taaksesi.

STEFAN
Niin täytyykin. Haluan ulos tästä
peräreiästä. Kauas tästä helvetinkolosta
takaisin elämään.

MATS
Tukholmaanko?

STEFAN
Tukholman kesään.

Mats nousee tuolilta.
Hän ottaa kaapista viskiä
jota hän kaataa lasiin.

MATS
Otatko sinäkin?

STEFAN
Kyllä kiitos.

Mats kaataa Stefanin viskiä lasiin.

STEFAN
En tiedä onko Karolina Lundberg
kuollut vai vain kadoksissa jossain.

MATS
Aivan.

STEFAN
Ja haluan ottaa selvää kuka murhasi
vaimoni. Vielä kerran.

MATS
Ei ole mitään kiirettä.
Muista se.

STEFAN
Niin, tulethan mukaani?
Liitythän jahtaamaan
häntä?

MATS
Ehdottomasti.

Tauko.

MATS (c'ntinued)
Onko jalkasi paranemaan päin?

STEFAN
Pikkuhiljaa.

He kääntävät katseensa
taas Yhdysvaltain
presidentinvaaleista kertovaan
lähetykseen. Pian on säätiedotuksen
paikka.

MATS
Ah, sää. Miten rauhoittavaa
rankkojen uutisten jälkeen.

STEFAN
Eikö se ole säätiedotuksen
tarkoituskin. Rauhoittaa katsojat.

MATS
Rakastan talvea kun voi
vain levätä rankkojen päivien
jälkeen.

STEFAN
Minäkin pidän talvesta todella
paljon, kunhan saisin vain
jotain tekemistä.

Stefan ottaa musiikkilehden
sohvan vieressä olevasta pinosta.

STEFAN
Katso tätä. Karoliina Lundberg
on tässä.

Karolinan kasvot näkyvät kauniina
musiikkilehdessä.

MATS
Hän oli kaunis nainen.
Mutta Hanna-vaimosi oli kauniimpi.

STEFAN

Pidät varmaan minua täysin
kajahtaneena kun katselen
hänen kuviaan.

MATS
Miksi katselet niitä siis?

STEFAN
Koska hän muistuttaa Hannaa,
monin tavoin.

Mats katsoo Stefania pitkään.

MATS
Sinun täytyy ratkaista Hannan murha.
Minä haluan auttaa sinua. Odotetaan
ensi kesään.

STEFAN
Kyllä. Ehdottomasti.

EXT. RAKENNUKSEN PIHA. AAMU.

Rakennus näkyy kuvassa aamuna kaukaa.

Stefan katsoo yläkerran ikkunasta
rakennuksen ulkopuolelle jossa Mats
pilkkoo puita. Stefan avaa ikkunan.

STEFAN
Tarvitsetko apua missään?

MATS
Hoidan nämä pölkyt itse.
Illan saunaa varten.

INT. RAKENNUKSEN SAUNA. ILTA.

Mats ja Stefan heittävät löylyä.
Mats huomaa Karolinan kuvat
seinällä.

MATS
Jaahas. Taas Karolina vierailee
seurassamme.

STEFAN
Älä pilkkaa sitä.
Joskus elämä on vain liian

kivuliasta. Olen kärsinyt täällä tosi
paljon. Joka päivä odotan kuolemaa.
sillä se rikollisjengi saattaa löytää tänne.

MATS
En usko että he löytävät.
Luulajassa on nyt niin huono sää

STEFAN
Ainakin saamme olla
täällä suojassa.

MATS
Kesällä täytyy ruveta
hommiin. Sinunkin.

STEFAN
Totta kai. Odotan
sitä jo jollain tavalla.

MATS
Niin minäkin. Elän
tässä hetkessä. Ja tulevaisuudessa
myös. Menneessä: en. En nykyään
milloinkaan.

STEFAN
Minä alan pikkuhiljaa
haluamaan samankaltaisen elämän.

INT. RAKENNUKSEN YLÄKERRAN HUONE. ILTA.

Stefan ja Mats katselevat televisiosta
Kubrickin Hohto-elokuvaa. Ulkona on
lumen täyttämä vaippa joka kuorruttaa
ikkunasta näkyvää maisemaa.

STEFAN
Tuo Overlook-hotelli on kuin
tämä rakennus. Paitsi että se on suurempi.

MATS
Mahtava elokuva tämä on.
Kuin säätiedotus sinänsä.

STEFAN
Ja tuo päähenkilö on kuin minä.
Paitsi että olen yksin enkä halua
murhata ketään paitsi sen miehen

joka murhasi vaimoni.

MATS
Puhutaan jostain muusta, Stefan-ystäväni.
Ystäväni joka junnaa asioitaan sisälläpäin.

STEFAN
Sinä olet erilainen, sinä et junnaa.
Sinä elät niin kuin reilu, rohkea mies.

MATS
Sinäkin olet rohkea. Olit paras
poliisi minkä tiedän.
Älykkäin.

STEFAN
Tiedän. Ratkaisin monta merkittävää
keissiä.

MATS
Vaikken mennyttä tykkää muistella,
niin ne olivat toki hyviä aikoja ne.
1995-2001.

STEFAN
Niin. Haikean kauniisti
kulkevat vuosilukujen riennot.

MATS
Mutta nyt on vuosi 2016.
Muista se, Stefan. Voit saada
kaikki aikojen ihanuudet takaisin
jos vain jaksat taistella.

STEFAN
Tiedän. Näen sen jo edessäni.
Näen kaiken hyvän jo edessäni.

MATS
Ihanko totta?

STEFAN
Kyllä.

Televisiosta kuuluu Hohto-elokuvan kohta
jossa Wendy sanoo monta kertaa
”kdk 12 calling
kdk 1”.

INT. RAKENNUKSEN KEITTIÖ. ILTA

Mats etsii keittiöstä
viinapulloja avaten kaappeja
tämän tästä. Lopulta Stefan
avaa kaapin josta löytyy iso
Koskenkorva-pullo.

STEFAN
Taisin löytää rakastettumme
täksi illaksi.

Stefan esittää pulloa Matsille.

MATS
(hymyillen)
Hienoa, Stefan.
Löysit sen.

EXT. JÄRVENRANTA. YÖ.

Stefan ja Mats huutavat ja mekkaloivat
yhdessä. Heitä kuvataan kaukaa päin
kun he ovat talviyön pimeydessä järven-
rannalla. He alkavat laulamaan Auld Lang Synea.
Ensin Mats laulaa sitä, sitten Stefan alkaa laulamaan
myös. He laulavat sitä juopuneella
uhmakkaalla äänellä.

MATS
Hei, katso tuonne.

STEFAN
Mitä siellä on?

MATS
Harakoita, joutsenia.

STEFAN
Ei voi olla.

MATS
Kyllä.

Stefan nauraa kovalla äänellä.

MATS
Sinähän alat avautumaan.
Rennolla tavalla.

STEFAN
Muistatko kun olimme
ala-asteella samaan aikaan.
Missäköhän kaikki meidän
sukupolven naiset ja miehet
nykyään ovat.

MATS
Kaukana meistä. Kaukana meistä.
Varoen meitä.

STEFAN
Missäköhän Karolina Lundberg on nyt?
Jos hän ylipäätänsä on elossa?

MATS
Ei mietitä sitä tänään.

STEFAN
Voi kuinka kaikki ovat nyt
muualla. Kaikki ihmiset.

MATS
Se on nykymaailmaa. Kaikki
kulkevat eri suuntiin, kiirehtien
eri paikkoihin.

STEFAN
Hyviäkin hetkiä tulee.
Silloin kun ollaan autoissa
ja silloin kun ollaan yhdessä paikassa.

MATS
Puhu omasta puolestasi.
Itselläni on nykyään hauskaa
koko ajan. Koska juon
Koskenkorvaa ja olen
itsenäisenä ihmisenä
tavallaan maailman huipulla.

STEFAN
Saatana kun tekee
mieli mennä Tukholmaan.

MATS
Niin minuakin.

He alkavat laulamaan Jerusalem-hymniä
yhdessä.

CUT TO:

EXT. METSÄ. YÖ.

Mats ja Stefan istuvat kaljapullot
kädessään puiden siimeksessä.

MATS
Siellä on huikea meininki,
tänä vuonna, siellä Tukholmassa.
Kaupunki uudistuu koko ajan.

Mats ottaa laukustaan
Wittgensteinin Tractacuksen.

MATS
Wittgensteinia.

STEFAN
Ahaa.

MATS
Joskus pitää hiljentyäkin.

STEFAN
Olet renessanssimies.

MATS
Aika lailla.

STEFAN
Poliisit ovat rikollisten kintereillä.
Kestää vielä kauan ennen kuin
pääsen täältä pois.

MATS
Mikset vain lähde Luulajasta
pois?

STEFAN
Koska Luulajan poliisi haluaa minun
selvittävän heidän agendansa.
Ja auttavan heitä yhdessä toisessa
keississä.

                              MATS
                        Oletko jo kännissä?

                            STEFAN
                      Olen. Tiedätkö yhtään
                       hyvää kännitarinaa?

                              MATS
                         (innostuneena)
                 Minulla on loistavia kännitarinoita.
                   Olin kerran hyvän ystäväni kanssa
                 baarissa ja kysyin naisparilta voisimmeko
                 istua samassa pöydässä. Naispari vastasi
               vastasi myöntävästi. Sitten sanoin ystävälleni:
                       juodaan naiset kauniiksi.

                            STEFAN
                           (nauraa)
                      Mitä he sitten tekivät?

                              MATS
                   He lähtivät siitä saman tien.
                          Ihan oikeasti.

                         Stefan nauraa.

                            STEFAN
                    Onko sinulla muita tarinoita?

                              MATS
                 Onhan niitä vaikka kuinka monta.
                  Kerran katsoin kahden kännisen
                 riitelyä. He riitelivät kännissä eikä
               kummankaan puheista saanut selvää.

                     (Mats jyrähtää imitoiden
                        kumpaakin miestä,
                        kumpikin känninen
                        mies sanoo Matsin
                       imitaatiossa toiselle
                          kuusi kertaa
                          suorat sanat)

                       MATS (c'ntinued)
                   He vain urpoilivat jyrähtäen.

STEFAN
Minä taas kävin kerran Lontoossa,
otin kolme annosta absinttia. Ensimmäinen
annos on sitä kun huomaat että: ”miksi oikeasti otin
absinttia?” Toinen annos on sitä kun huomaat
että: ”miksi oikeasti otin absinttia?” Kolmas annos
on sitä että heräät toisella puolen kaupunkia,
metsässä, yksin, jotain outoa perseessäsi,
ja sanot: ”miksi oikeasti
otin absinttia?”

He nauravat.

STEFAN
Minulle Pepsi jäillä on ollut
viime vuosina ihan täyttä
kahtasataa.

He nauravat taas.

STEFAN
Muistan muuten yhden
kännitarinan taas.
Yhden laulajan veljenpoika
oli kova poika juomaan ja
hän joi koko ajan. Kerran
hän sammui kuskinpenkillä
ja vieressä oleva mies joutui
koko matkan ajan ohjaamaan
rattia.

He nauravat taas.

Tauko.

STEFAN
Mutta niin. Nämä jutut
ovat vain yksi osa
aikuisuutta, sen raadollista
kulkua.

MATS
Niinpä niin.

STEFAN
Muistan Bolmenin luokkakokouksen
vuodelta 1998. Muistan kun istuimme
yhdessä nuotiolla ja naiset olivat

lähdössä uimaan.

MATS
Minäkin muistan sen.

STEFAN
Se oli romanttista, kaipaan sitä.

MATS
Siitä luokkakokouksesta on tullut
jo klassikko.

STEFAN
Niin, se väreilee ja siintää mielessäni
usein kuin legendaarisena kahden viikon
reissuna johon palaan aina uudestaan
ja uudestaan.

Kamera tuijottaa Stefania kasvoille.

STEFAN
Se harvinainen hetki kun elin.
Se harvinainen hetki kun elin.

EXT. BOLMENIN MÖKIN PIHA. ILTA. 1998

Takaumassa
Stefan, Mats ja Anders ovat yhdessä
nuotiolla.

Hanna Lund, Ulma ja Jenny laulavat ja
ilakoivat viehättävinä. Sitten he
hyppäävät järveen uimaan.

MATS
Hienoa katsoa noita naisia.

STEFAN
Kyllä, niin elinvoimaisia.

ANDERS
Tunnen itseni niin yksinäiseksi.

STEFAN
Miksi?

ANDERS
Koska nuo naiset ovat niin

mahtavia.

STEFAN
Ai.

ANDERS
Tunnen itseni niin etäisen
romanttiseksi myös.

MATS
Tulkaa tänne kun ehditte!

Naiset reagoivat kaukaa
huutaen epäselviä sanoja
järvestä.

EXT. BOLMENIN JÄRVI. ILTA. 1998

Ilta on muuttunut tummemmaksi.

Hanna Lund, Ulma ja Jenny saapuvat
nuotion ääreen. Hanna on naisellisen
näköinen, hänellä on tummanpunaiset
huulet ja kiharaiset hiukset. Hän on
herkän näköinen mutta myös viehkeän
ja viettelevän kieron näköinen.

HANNA
Anna tilaa minulle,
Anders.

Hanna istuutuu Andersin viereen,
sen jälkeen kun Anders siirtää itsensä
kauemmas.

ANDERS
Onko nyt hyvä?

HANNA
Onhan se. Hei Stefan.

Hanna katsoo Stefania romanttisesti
rakastuneena.

HANNA
Miten on mennyt, Stefan?

Hanna ja Stefan alkavat keskustelemaan.

Andersia kuvataan kun hän on yksin.
Hän juo tölkistään kaljaa ja näyttää
apealta.

Yhtäkkiä positiivinen mutta
röyhkeä vaaleahiuksinen
supliikkimies Tomas ilmestyy
paikalle.

TOMAS
Hei, ystäväni.
Ja hei,
Hanna ja muut naiset.
Näytätte lesboilta.

HANNA
Hiljaa nyt, Tomas.

Tomas istuutuu Hannan viereen
ja halaa häntä.

TOMAS
No ei vaan, näytätte
rumilta.

HANNA
(hymyillen)
Hiljaa, Tomas.

TOMAS
Olisi kiva nyt viettää yhdessä
aikaa miesporukassa.
Meille on paljon muisteltavaa
ja kerrottavaa toisillemme.
Eikö niin, Mats?

MATS
Niinhän se on. Jätetäänkö
naiset juttelemaan keskenään
niistä ja näistä?

TOMAS
Kuulostaa hyvältä.

MATS
Mennään sisälle.

STEFAN
En malta odottaa.

Miesporukka lähtee
mökkiin sisälle.

EXT. JÄRVENRANTA. 2016.

Järvenranta näkyy kuvassa.

CUT TO:

EXT. METSIKKÖ. 2016.

MATS
(vakavana)
Se oli hieno reissu. Hienoakin
hienompi reissu.

STEFAN
Niin. Kaipaan Andersia.
Sekä Peteriä ja Tomasia.

MATS
Peterin tapasin vähän aika sitten.
Hänellä on aina mielenkiintoisia
filosofisia keskusteluja.

STEFAN
Tiedän. Anders ja Tomas
katosivat jonnekin.

MATS
Niin, on outoa miten
emme ole nähneet heitä.

STEFAN
Hehän ovat muistaakseni
työnarkomaaneja. Joten ei heitä
näe hirveästi.

MATS
Ja he kiertävät maailmaa myös.

Tauko.

STEFAN
Filosofiasta puheen ollen.
Luin Humea. Mitä mieltä olet hänen
biljardipallopäätelmästä?

MATS
Mielestäni se on väärä päätelmä.

STEFAN
Niin minustakin. Minusta ihminen huomaa
yhden biljardipallon törmäyksen toiseen
kausaliteettina eikä siinä ole mitään
subjektiivista.

MATS
Voisinpa puhua näistä kanssasi
ikuisesti. Mutta olen liian väsynyt nyt.

STEFAN
Näitä filosofisia asioita voisi
käännellä ja väännellä koko illan.

MATS
Niin.

STEFAN
Oletko lukenut viime
aikoina Platonin Valtiota?

MATS
En pitkään aikaan.

STEFAN
Kannattaisi lukea.
Minulla on se ullakolla.
Isäni nimikirjoituksella.

MATS
Otan sen matkalukemiseksi.
Matkustan parin viikon
kuluttua Kanadaan vuorikiipeilemään.

STEFAN
Kunpa pääsisin mukaan.

MATS
Toin sinulle kannettavan tietokoneen.
Jotain iloa sinullekin. Voit katsoa
YouTube-videoita ennen kesää.

Yhtäkkiä ulkona alkaa salamoimaan.
Yö on tumma ja pelottava. Stefan ja Mats palaavat
takaisin kartanoon örveltäen äänekkäästi
taustamaiseman varjoina kännissä.

EXT. RAKENNUKSEN PIHA. AAMU.

Aurinko pilkottaa rakennuksen päälle.

INT. RAKENNUKSEN ALAKERTA. AAMU.

Stefan laskeutuu portaita alas.
Mats on odottamassa alakerrassa
kamppeet pakattuina.

MATS
Hei, Stefan.
Lähden tästä nyt.

STEFAN
Okei.

MATS
Menen vaimoni ja lasteni luo
viettämään laatuaikaa.

STEFAN
Hei, Mats. Oli mukava tavata taas.
Pitkästä aikaa.

MATS
Hei, Stefan. Nähdään sitten
myöhemmin. Pidä itsestäsi huolta.

STEFAN
Pidän ja pidä sinäkin.

Mats lähtee pois rakennuksesta hymyillen
Stefanille.

INT. RAKENNUKSEN ALAKERRAN OLOHUONE. ILTA.

Stefan katsoo huvikseen YouTube-videota
filosofien ajatuksista. Ruudulla
oleva mies selittää Nietzschen
ajatukset viidessä minuutissa.

Hän ottaa olut-tölkistä kulauksen.

Sitten hän laittaa YouTubeen
Manaaja-elokuvan tunnuskappaleen soimaan.

Hän lukee internetin sivulta tietoa
Karoliina Lundbergin katoamisesta.
Ensimmäisellä sivustolla kerrotaan miten:

*Karolina on nähty monta
kertaa Ruotsissa
mutta kukaan ei ole
löytänyt häntä tai
saanut hänestä valokuvia.*

Toisella sivustolla lukee taas:

*Karolina asuu luultavasti
Ruotsissa, rikkaana
erakoituneena jossain asunnossa.*

Kolmannella sivustolla lukee taas.

*Miksi Karoliina Lundberg katosi?
Syyt johtuvat kaiketi musiikkibisneksen
raadollisuudesta sekä hänen sekaantumisestaan
pienisieluiseen järjestäytyneeseen
rikollisuuteen, aivan vahingossa.
Hänen veljeään haavoitettiin
rikollisjengin toimesta. Hän kai
päätti että Ruotsi on tulossa
myrkylliseksi paikaksi elää
joten hän päätti kadota.
Ken tietää missä hän nyt on?
Kuolleena meressäkö vaiko
jossain Intian kaupungin
ihmisvilinässä?*

INT. RAKENNUKSEN
YLÄKERRAN MAKUUHUONE. YÖ.

Stefan ottaa valokuvan käteensä
jossa on hänen edesmennyt vaimonsa
Hanna Lund. Hannalla on mustaksi
värjätyt, elegantin sileät hiukset
sekä kaunis hymy. Hänellä on
ylioppilaslakki. Stefan silittää
kuvaa.

Hän asettuu taas kerran
lattian patjalle nukkumaan.
Patjalla makaava Stefan
alkaa näkemään unta.

CUT TO:

EXT. BOLMENIN LEIRINTÄ-ALUE. ILTA. 1998.

Ensimmäisessä unessa
hän on ensin Hannan lähellä
juuri ennen heidän rakastumistaan.
He ovat molemmat leirintä-alueella.
Stefan menee tupaan sisään. Tuvan
eteisessä tiukan tuima ja vahvaluonteinen
Hanna kulkee tuvan eteisestä haluten ulos.

STEFAN
Väisty tieltäni.

HANNA
Väisty itse.

Stefan väistyy.

HANNA
Miksi väistyit?

STEFAN
Koska...

Hanna hymyilee.

HANNA
Miksi?

STEFAN
Koska olen...

HANNA
Pelkuri. Eikö niin?

STEFAN
Ei.

HANNA
Et uskalla kohdata minua.
Koska sinulla on tunteita
minua kohtaan.

STEFAN
Oletpa sinä älykäs.

HANNA
Niin olen.

STEFAN
Mutta olen rohkeampi
kuin kuvittelet.

HANNA
(viisaan hymyilevästi)
Miten niin?

STEFAN
Koska olen tappanut
yhden miehen. Hän oli
myös todella paha mies.
Ei mikään hyvä mies.

HANNA
(hiljaisen tylsänä)
Menen tästä nuotion äärelle.

Stefan lähtee Hannan mukaan.
He saapuvat nuotiolle.

HANNA
Minä olen voimakasluonteinen
nainen. Valitsen tarkasti kenet
valitsen viereeni.

STEFAN
Se on viisasta. Minä taas olen
ketterä ja ovela kuin kettu.

HANNA
Ja älykäs.

STEFAN
Niin.

EXT. BOLMENIN JÄRVEN RANTA. ILTA. 1998

Stefan ja Hanna istuvat järven
rannalla. He istuvat toisiinsa
kietoutuen.

HANNA
Ruotsi on kaunis tähän aikaan vuodesta.

                    STEFAN
          Olen tiennyt sen aina itsekin.

                    HANNA
          Kunpa tällaiset illat eivät ikinä loppuisi.

                    STEFAN
          Niin, toivon sitä todella.

          Kohtauksessa kuvataan järven ulappaa
          jossa näkyy vene.

          Hanna on teltassa nukkumassa. Stefan
          laittaa harmaan viltin hänen yllensä.

          Stefan kulkee kohti tupaa.

INT. RAKENNUKSEN YLÄKERRAN MAKUUHUONE. YÖ.

          Stefanin nukkuvia kasvoja kuvataan.
          Kärpänen kulkee hänen kasvoillaan.

          Sitten ruutu tummenee.

          Alkaa toinen uni.
          Siinä näkyy violetteja
          ja punaisia kirjaimia mustassa
          ruudussa. Kirjaimet liikkuvat
          ruudulla ärsyttävällä tavalla
          niin ettei niiden logiikaa huomaa.

          Ärsyttävän piinaava tekninen
          musiikki soi taustalla.

          Sitten kirjaimet muodostavat
          kaksi sanaa: VOICE ja GUITAR

          Sitten näkyy YouTube-video jossa
          nuo sanat olivat pompinneet. YouTube-
          videon nimi on I MURDERED YOUR WIFE,
          AND I ENJOYED IT!

          Videon kommenttiosio näkyy myös mutta
          tekstit ovat epäselviä eivätkä näy kunnolla.

                    CUT TO:

EXT. LEIRINTÄ-ALUE. YÖ.

INT. LEIRINTÄ-ALUEEN TUPA. YÖ.

Leirintä-alueen - siinä missä Hanna ja Stefan
tapasivat - tuvassa nukkuu Stefan.
Hänen kasvonsa näkyvät kuvassa.
Hän näkee unta.

EXT. MUINAISEN EGYPTIN GIZA. ILTA.

Alkaa toinen uni.
Siinä Stefan kulkee muinaisen Egyptin Gizan
illassa valtavassa ihmisvilinässä. Hän tapaa
ihmisiä jotka hymyilevät hänelle riemukkaasti.

Hän kulkee lopulta kohti pyramidia. Muutama
ihminen katsoo häntä oudosti.

INT. KAMMIO.

Stefan kulkee mustaa kammiota pitkin.
Tätä kestää kaksi minuuttia.

INT. HOLVI.

Hän saapuu salaiseen
mustaan holviin jossa seisoo
kaksi miestä, lääkäri ja ylipappi.
He puhuvat ruotsiksi.

Ylipappi kättelee Stefania.

YLIPAPPI
(iloisena)
Vihdoin saavuit!
Olen Egyptin korkea-arvoisin ylipappi,
minulla on tärkeää asiaa kerrottavana
sinulle.

Lääkäri kättelee Stefania.

LÄÄKÄRI
(iloisena)
Tervetuloa, Stefan.
Ja minä olen Egyptin luotettavin
lääkäri. Minullakin on tärkeitä
asioita kerrottavana sinulle.

Lääkäri kättelee

Stefan tuijottaa heitä sanomatta
mitään.

LÄÄKÄRI
(vakavan jyrkkänä,
pelottavana)
Tiedäthän että tämä on vain unta,
että näet unta nyt. Tiedäthän että tämä
holvi on alitajuntasi joka yrittää kertoa
sinulle jotain.

Stefan tuijottaa heitä sanomatta
mitään.

LÄÄKÄRI
(vakavan jyrkkänä,
pelottavana)
Tämä suhteesi Hannaan,
meitä askarruttaa siinä miten
aiot puolustaa häntä.

STEFAN
Mitä tarkoitatte?

LÄÄKÄRI
Miten aiot suojella häntä
samalla kun elätte elämääsi?

YLIPAPPI
Tai jos hän kuolee,
miten aiot puolustaa hänen
kunniaansa?

STEFAN
Kun elämme, aion tehdä
parhaani suojellakseni häntä.

YLIPAPPI
Entä jos hän kuolee?

STEFAN
Jos hän kuolee, tulen
siitä todella surulliseksi.
En halua kertoa teille sitä.

LÄÄKÄRI
Muista että tämä on alitajuntasi.

Ja se yrittää kertoa sinulle sitä
että Hanna tulee olemaan vaarassa.
Ja jos hän kuolee, tulet olemaan
erittäin suurissa ongelmissa.

STEFAN
Ihanko totta?

YLIPAPPI
Kyllä, valtavan suurissa.
Ongelmissa jotka johdattavat
sinua vielä suurempiin ongelmiin.
Ja masennukseen.

INT. LEIRINTÄ-ALUEEN TUPA. YÖ. 1998.

Nuori Stefan herää unestaan.

EXT. LUULAJAN RAKENNUS. YÖ. 2016

Ulkona on seesteinen ilma.
Pöllöt humisevat.

INT. RAKENNUKSEN YLÄKERRAN MAKUUHUONE. AAMU. 2016.

Stefan herää tuplaunestaan. Patjalla hän ottaa muistivihon
ja merkitsee unen yksityiskohtia muistiin. Sitten hän
katsoo kauas kohti seiniä rauhallisena ja hiljaa.

INT. RAKENNUKSEN YLÄKERRAN MAKUUHUONE. YÖ.

Valtava myrsky pauhaa rakennuksen ulkopuolella,
sadeveden ropistessa sisään ikkunasta joka
liikkuu edestakaisin.

Stefan laittaa ikkunan kiinni.

Yhtäkkiä joku soittaa lankapuhelimeen
joka pärisee huoneessa. Stefan vastaa siihen.

STEFAN
Stefan puhelimessa.

Puhelimesta ei kuulu mitään.

STEFAN
Haloo...haloo.
Onko kukaan siellä?

Puhelu katkeaa.

Aamulla herätessään hän menee
rakennuksen alakertaan.

Sitten hän ottaa kirjeen
eteisestä ja menee yläkertaan.

Kirjeessä lukee (nainen
puhuu elokuvan taustalla
kirjeen sisältöä):

Hei! Tässä on edesmenneen
ex-vaimosi Hanna Lundin
eräs tuttava. Olen naispuolinen.
Haluan sinun löytävän Hannan
murhaajan. Katso kartanosi
kalastuslehden sivulle
16. Se lehti
jonka kannessa on
oransseja kuvioita.
Siinä on johtolankoja.
Katso myös musiikkilehden
sivulle 18. Se musiikkilehti
jonka kannessa on violetteja
kuvioita.

T. Neiti X.

Stefan hätkähtää kirjeen tekstille.
Sitten hän kulkee nopeasti
yläkertaan jossa hän ottaa
kalastuslehden käsiinsä.

STEFAN
Sivu 16.

Stefan alkaa katsomaan
sivua tarkemmin.

Hän huomaa alleviivatut kirjaimet.
Niistä muodostuu sana RYTMEN.

STEFAN
Rytmen.

Hän huomaa toiset alleviivatut
kirjaimet musiikkilehden sivulla.
Niistä muodostuu

sana MELODI.

STEFAN
Melodi.

Stefan selaa lehtiä uudestaan.
Hän huomaa sivunumerot.
Vain kaksi sivunumeroa ovat
ympyröityjä. Sivunumerot
ovat musiikkilehdessä 58 ja
kalastuslehdessä 67.

Stefan menee kalastuslehden, musiikkilehden,
paperin ja sinitarran kanssa
luksusmaiseen kylpyhuoneeseen ja kirjoittaa
kylpyhuoneen seinälle sanat MELODI ja RYTMEN.
Sitten hän alkaa kirjoittamaan lisää:

Melodi. 1958.
Rytmen. 1967.

Stefan ottaa taskustaan yksisivuisen
kirjeen. Hän huomaa unohtaneensa lukea
sen toisen puolen. Siinä lukee:

PS. Murhaaja on lain yläpuolella.
Hän matkustaa jatkuvasti
maasta toiseen. Olen tuntenut itseni
avuttomaksi. Poliisi ei ota minua tosissaan.
Siksi tein sinulle tämän arvoituksen. Saat bonukseksi
myös Karolinan katoamiseen liittyvän
yksityiskohdan. Mieti mikä on miehen ja naisen
osa seksuaalisuudessa? Olen huippuälykäs
nainen, joten tee mitä käsken ja lue tarkkaan.
Tiedän Karolinasta myös kaiken.

STEFAN
Melodi on nainen.
Rytmen on mies.

Stefan kirjoittaa taas kylpyhuoneen seinään:

Rytmen liittyy vaimoni murhaan.
Melodi liittyy Karolinan katomiseen.

Stefan alkaa selaamaan kalastuslehteä
jossa lukee:

Bolmenin (sana Bolmen on ympyröity)

leirintäalueella on kalastettu
vuoden1967 kesällä ennätyksellisen isoja
vonkaleita. Isoilla virveliongilla
on tapana saada sieltä paljon kalaa.
Heittämisen rytmin (sana rytmiin on
ympyröity) löytämiseen on
tärkeä varata aikaa.

Sitten hän lukee kylpyhuoneessa
musiikkilehteä.

Melodifestivalenia (sana Melodifestivalenia
on ympyröity) on juhlittu jo vuodesta 1958 asti.

STEFAN
Karolina käy Melodifestivalenissa.
Joka vuosi.

Yhtäkkiä Stefan kuulee kolmen laukauksen kuuluvan
rakennuksen ulkopuolelta. Hän ottaa määrätietoisesti
käsiaseen nilkastaan ja kulkee alakertaan katsomaan
ikkunasta mitä on tapahtunut. Kartanon ulkopuolella
ei näy mitään. Mutta Stefan astuu ulos ovesta ja alkaa
katsomaan joka puolelle. Sitten hän huomaa ettei
ulkona todellakaan ole ketään.

Sitten kamera zoomaa piinaavasti kuvaamaan
Stefanin kasvoja.

STEFAN
Hannan murhaaja käy Bolmenin
leirintä-alueella joka vuosi.

TOINEN OSA

Kolme sekuntia ensimmäisen osan
lopun jälkeen Waldo's Peoplen
U Drive Me Crazy-musiikkivideo
alkaa soimaan ruudulla alusta
loppuun asti.

CUT TO:

EXT. LENTOKENTTÄ. PÄIVÄ. 2016.

Lentokone laskeutuu alas.

INT. TUKHOLMAN LENTOASEMA. PÄIVÄ. 2016.

VASTAANOTTOVIRKAILIJA
Hei, saisinko nähdä passisi?

Tuntematon, nahkatakkinen, mies
näyttää passinsa naispuoliselle
vastaanottovirkailijalle.
Häntä ei näy kuvassa ollenkaan.

EXT. TUKHOLMA. ILTA.

Tukholma näkyy kesäillan sinisessä valomeressä.

INT. TUKHOLMALAINEN TALO. ILTA.

Stefan ja Mats ovat yhdessä Stefanin asunnossa.
U Drive Me Crazy-musiikkivideon naishahmo
on Karolina Lundbergin näköinen. He katsovat
videota jonka musiikki soi huoneessa hitaasti.

MATS
Mitä mieltä olet hänen laulamisestaan?

STEFAN
Rakastan sitä.

MATS
Minä myös. Tuosta tulee niin paljon
muistoja mieleen, monesta kesästä.

STEFAN
Hän muistuttaa Karolinaa.

MATS

Niin muistuttaakin.

STEFAN
Hän on vähän kiero.

MATS
Kiero. Niin onkin.
Vähän.

STEFAN
Tämä oli meidän taistelulaulumme.
Lauloimme sitä yhdessä, muistatko?
Halusimme löytää Hannan murhaajan.
Lauloimme tätä yhdessä.

MATS
Niin, minä, sinä, Anders ja Tomas.

Yhtäkkiä Alma Linna saapuu huoneeseen.
Hän on nelikymppinen, sympaattinen nainen ja
hänellä on tiukka, timmi vartalo ja ponihäntä.
Hän on olemukseltaan viaton ja kevyen humoristinen.

ALMA
No niin, miehet.
Minulla on uutisia.
Hannan murhaaja on
saapunut kaupunkiin.

STEFAN
Mistä tiedät sen?

ALMA
Kuka lähetti tämän
postikortin?

Stefan lukee ääneen
postikortin johon on
kirjoitettu:
"Tavataan Bolmenilla.
Toisen kerran.
Jos uskallatte.
T. Naispaholainen."

STEFAN
En tiedä.

MATS
En minäkään tiedä.

Inhottava postikortti.

Yhtäkkiä he kuulevat kolmen laukauksen äänen
kodin ulkopuolelta, lähellä sijaitsevasta kadusta.

He kaikki ottavat aseet esiin.

He alkavat juoksemaan ulos asunnosta
kadulle.

He huomaavat naisen hahmon
juoksevan ja pudottavan toisen
postikortin maahan. Nainen
katoaa. He eivät ala jahtaamaan
naista.

"Ken on luokasta kaunehin,
ken on luokasta pettävin,
ken luokasta pahin,
ken on luokasta inhottavin.
T. Naispaholainen."

Stefan lukee postikortin ääneen.

STEFAN
Voi ei.

ALMA
Tosiaan.

STEFAN
Onko tappaja mies vai nainen?

MATS
Vai onko tappajia kaksi?

ALMA
Kuka oli Neiti X?

Kamera pysähtyy kuvaamaan
Stefanin kasvoja.

STEFAN
Sen kun tietäisin.
Sen kun tietäisin.

INT. METRO. ILTA.

Pieni, silmälasipäinen, kumaraselkäinen
mies kulkee metrossa. Hän kirjoittaa
vihkoonsa muistiinpanon:

"Mene Bolmenille ensi kuussa.
Kertomaan totuus koko asiasta."

Metro pysähtyy.

Kamera kuvaa miestä nostamassa
päätään ja metro kulkee eteenpäin.

INT. HUONE. ILTA

STEFAN
Nyt alkaa luokkakavereiden
profilointi. Avaa Facebook,
Alma Linna.

Alma avaa Facebookin.

Kuoron laulama
Auld Lang Syne
alkaa soimaan
taustalla.

Stefan alkaa selaamaan Petran profiilia.
Siinä Petra on koiriensa kanssa ja hänellä
on surulliset silmät. Hän on traagisen hoivaavan
näköinen mutta näyttää myös aikuiselta naiselta.

STEFAN
Ei vaikuta murhaajalta.

Stefan alkaa muistelemaan Petraa
joka oli iloinen ylä-asteella.

INT. BUSSI. YÖ. 1986.

Bussi on täynnä luokkalaisia.

PETRA
Mikä on toinen nimesi, Stefan?

STEFAN
Erik.

PETRA
(maireasti)
Mielenkiintoista.

INT. TIETOKONEHUONE. ILTA.

STEFAN
(koskettuneen itkien)
Täytyy unohtaa Petra
ja siirtyä seuraavaan.

Stefan katsoo sitten
Lizan profiilia ja sen kuvia.

Siinä Liza
on vaalea uskomattoman
kauniin kaunottaren
näköinen.

CUT TO:

INT. BUSSI. YÖ. 1986.

Liza ilmestyy
Stefanin eteen.

LIZA
Saanko istuutua?

STEFAN
Toki.

LIZA
Oletpa sinä kohtelias.

STEFAN
Kiitos. Sinä olet taas kaunis.

LIZA
Kiitos. Olen aina ihaillut
sinua jollain tavalla.

STEFAN
Miten?

LIZA
En tiedä, olet niin

salaperäinen.

STEFAN
Kiitos.

LIZA
Mikäköhän sinusta vielä
tulee? Etsiväkö?

STEFAN
Ehkä.

Seuraavaksi näemme Stefanin rapsivan
päätään Alman ja Matsin kävellessä
ympäri tietokonehuonetta.

Stefan ottaa luokkakuvan olohuoneensa
laatikosta.

Hän katsoo kuvassa olevaa naista,
Jennyä.

Jennyn profiilikuva tulee näkyviin.
Siinä hän on kaljuna ja kauniin
näköisenä.

Sitten takaumassa näkyy hiukset
omaava Jenny puhumassa koulun pihalla
mutta hänen sanojaan ei kuulla.

CUT TO:

INT. BUSSI. YÖ. 1986.

Karl puhuu istualteen kun
Stefan kävelee hänen ohitseen.

KARL
Voitko lainata parikymppiä?

Stefan kävelee pää korkealla
kohti bussin takaosaa.

CUT TO:

INT. TIETOKONEHUONE. ILTA.

Karlin profiilikuva näkyy.
Siinä hän on makaamassa

sängyllään. Toisessa kuvassa
hän kantaa kahta lastaan.

STEFAN
Ei, ei ja ei.

Marcus ja Stefan kävelevät
yhdessä pitkin kallioista
metsää ylä-asteella.

Sitten Stefan katsoo
Marcuksen profiilikuvaa.
Siinä Marcus on makaamassa
sängyllään ylävartalo alastomana
ja näyttää toisessa kuvassa erittäin
homolta.

STEFAN
Ei todellakaan.

Alma tulee Stefanin luokse.

ALMA
Mitä aiot tehdä?

STEFAN
En löytänyt heistä mitään.
Täytyy laittaa heille kutsu
luokkakokoukseen.

EXT. TUKHOLMAN LAITAMA. MYÖHÄISILTA. 2017.

Hahmot kulkevat pimeydessä tavaten
lähestyen toisiaan. Kaupunki näkyy
taustalla pimeänä valomerenä.
Stefan on tässä myöhäisillan pimeydessä
tapaamassa Marcusta, Jennyä, Karlia, Lizaa
sekä Petraa. Stefan on paikalla ilman
autoa. Paikalla on neljä Volvoa. He
ovat kaikki tuimalla päällä.

STEFAN
Hei Karl, hei Liza.

LIZA
Hei, Stefan.

KARL
Hei. Mitä kuuluu?

STEFAN
Karl, on hienoa tavata
sinutkin pitkästä aikaa.

KARL
Niin sinähän pyörit aina
koulussa vanhojen ystäviesi
kanssa.

LIZA
Mats, Stefan, Anders,
Tomas ja Peter.

STEFAN
Anders ja Tomas ovat vanhoja
ystäviäni, joten on hienoa
tavata heidät uudestaan.
Peteriä en ole nähnyt,
olisi kiehtovaa nähdä hänet
taas.

EXT. TUKHOLMAN LAITAMA. MYÖHÄISILTA. 2017.

STEFAN
Tulettehan 4. heinäkuuta
paikalle? Odotan teitä.

Karl sytyttää tupakan.

KARL
Kyllä tulemme.
Pakkohan se on
välillä viettää laatuaikaa
vanhojen ystävien kanssa.

STEFAN
Hienoa. Mahtavaa.

He lähtevät omiin autoihinsa
Stefanin jäätyä paikalle.

EXT. BOLMENIN LEIRINTÄ-ALUEEN
NURMIKKO. ILTAPÄIVÄ. 2017.

Stefan tapaa taas Karlin,
Jennyn, Petran ja Marcuksen
ja Lizan.

STEFAN
Hienoa kun tulitte.
Hauska tavata taas.

MARCUS
Hauska tavata sinutkin.

Yhtäkkiä neljä autoa ilmestyvät paikalle.

Niistä saapuvat myös Peter,
Stefan, Alma, Ulma, Mats, Anders
ja Tomas.

STEFAN
Hei teille.

ULMA
Hei Stefan.

STEFAN
Hei

STEFAN
Hei Tomas, hei Anders.

ANDERS
Pitkästä aikaa.

TOMAS
Niin, hienoa tavata taas.

Stefan halaa Tomasia ja Andersia.

STEFAN
Ihanaa tavata
vanhat koulukaverini.

TOMAS
Niin hienoa tavata.

Tomasilla on sihisevä ääni
ja tummahipiäinen iho.
Hän on puoliksi turkkilainen,
puoliksi ruotsalainen. Hän
on lihaksikas ja hänen rintansa
näkyy neulepaidan alta.

                    STEFAN
          Mennään tuonne metsään.
          Minä haluan puhua kanssasi
          sillä olet niin rakas ystäväni.

                    TOMAS
          Sopii, vanha kuomani.

                    CUT TO:

EXT. BOLMENIN METSÄ. ILTAPÄIVÄ.

          Stefan ja Tomas tuijottavat toisiaan
          lähemmin. He puhuvat humoristisesti
          ja rennosti, Stefanin ihaillessa häntä
          puheessaan.

                    STEFAN
          Mitä olet tehnyt kaikki nämä
                    vuodet?

                    TOMAS
          Olen ollut ulkomailla. Hirveän
          ihanaa aikaa olen viettänyt.

                    STEFAN
          Oletko iskenyt naisia?

                    TOMAS
          Kyllä olen. Mutten kerro
          siitä kenellekään.

                    STEFAN
          Missä kaikkialla olet käynyt?
          Kerro minulle, vanha kuomani.

                    TOMAS
          Olen käynyt Barcelonassa,
          Lissabonissa, Berliinissä,
          Lontoossa myös.

                    STEFAN
          Löysitkö Barcelonasta naisen?

                    TOMAS
          Kyllä löysin.
          Mutta vain vähäksi aikaa.
          Minulla on muitakin naisia.

Stefan sytyttää tupakan.

STEFAN
Vitun hienoa, vanha kuoma.

Stefan taputtaa Tomasia selkään.

TOMAS
Okei. Mitä sinulle kuuluu?

STEFAN
Olen vasta alkamassa elämään
uudestaan. Hienoa olla elossa.

TOMAS
Okei. Olitkin siellä Luulajassa
pitkän aikaa.

STEFAN
Joo puolitoista vuotta pakenin
jengiläisiä. Rikkoutuneella jalalla.

TOMAS
Hei, hienoa ja ihanaa nähdä sinut!

STEFAN
Samoin.

He halaavat ja lähtevät takaisin
mökille.

EXT. BOLMENIN NURMIKKO. ILTAPÄIVÄ.

Stefan, Alma, Tomas, Anders,
Petra ja Jenny ovat nurmikolla.

TOMAS
Mitä teemme nyt?

STEFAN
Pelataan korttia.

TOMAS
Räsypokkaako?

STEFAN
Ei vaan vanhaa kunnon tikkiä.

                    ALMA
            Pidän sinusta, Tomas.
          Koska olet niin tietäväinen.

                   TOMAS
              Ok. Kiva kuulla.

                   TOMAS
          Pidätkö minusta, Jenny.

                   JENNY
            Pidän kyllä. Mutten niin
           paljon kuin Marcuksesta.

                   TOMAS
          Kaikkihan täällä Tomasista
           pitävät. Jo vuodesta 1998.

                  STEFAN
            Niin. Aletaan pelaamaan.

                    KARL
           Mitkä olivatkaan säännöt?

                   PETRA
         Minuakin kiinnostaisi tietää.

                  STEFAN
             Ensin jaetaan kortit,
           jokaiselle pelaajalle viisi.
          Kun kortit on jaettu, jakajasta
            seuraava pelaaja aloittaa.
        Jos jollain pelaajalla on kaikki kortit
              pienempiä kuin 10,
             hän saa uudet kortit.

                   JENNY
        Sinulla pitäisi olla monta korttipakkaa.

                  STEFAN
         Minulla on 500 korttia eli kymmenen
                korttipakkaa.

             Stefan ottaa repustaan
            kymmenen korttipakkaa.

                  STEFAN
             Peli käynnistyy,
         kun jakajasta seuraava aloittaa

pelin lyömällä jonkin kortin pöytään.
Muiden pelaajien on lyötävä samaa
maata kuin kortti, jolla kierros aloitettiin.
Se pelaajista, jolla on isoin kortti pyydettyä
maata silloin kuin kierroksen viimeistä korttia
lyödään pöytään (esim: herttaässä, -kuningas
tai jokin muu...) voittaa kierroksen ja saa "tikin".
Peli voi katketa, kun jollakulla
pelaajista on sovittu määrä "tikkejä".
Tikissä ei käytetä jokereita.

TOMAS
Ok. Minä haluan pelata tätä.

JENNY
Niin minäkin.

INT. BOLMENIN MÖKIN TOINEN KERROS. ILTAPÄIVÄ.

Mats, Peter, Ulma, Liza, Marcus
ja Karl ovat mökin toisessa kerroksessa
pelaamassa pokeria.

MATS
Jaa kortit, Peter.

PETER
Käskystä, Mats.

Peter jakaa kortit.

MARCUS
Mikäköhän on tilanne
alakerrassa.

PETER
Luultavasti siellä panetaan jo.

MARCUS
Älä viitsi.

ULMA
En usko tuohon.

PETER
Tämähän on panoluola,
tämä Bolmen, aina ollut.

MATS
Ei kun tämä on paikka jossa
syntyy suhteita.

ULMA
Tuo on paremmin sanottu.

MATS
Täällähän ovat kaikki saaneet
toista, kaikki panneet toisiaan
jo 1960-luvulta asti.

ULMA
Hyi, Mats.

MATS
No se on totta. Kaikki paitsi
Stefan.

INT. BOLMENIN NURMIKKO. ILTAPÄIVÄ.

Naiset ovat Tomasin vierellä,
Jenny, Petra ja Alma.

TOMAS
Okei, minulla on tarpeeksi
tikkejä voittaakseni.

Tomas paljastaa korttinsa.

Naiset hurravat.

EXT. BOLMENIN LEIRINTÄ-ALUE. ILTAPÄIVÄ.

On kesä. Leirintä-alueella sataa kaatamalla.
Sadepisarat valuvat kohti maata.

Tomas näkyy jossain taustalla
saunomassa ja uimassa
naisten kanssa.

CUT TO:

EXT. BOLMENIN NUOTIO. ILTAPÄIVÄ

Peter, Stefan ja Mats ovat nuotiolla
puhumassa miehekkään pettyneeseen
sävyyn.

STEFAN
En ole ihmisvihaaja
mutta Tomas on nykyään
puoliksi täysi mulkku.

MATS
Miksi olet sitä mieltä?

STEFAN
Koska ensinnäkin hän on ylimielinen
kaikille täällä Bolmenissa. Ja toiseksi
hän on käytökseltään niin röyhkeä.

MATS
Häntä arvioidaan vähän eri kriteerein.
Naiset arvioivat ainakin.

PETER
Olisi se outoa jos maahanmuuttajia ei
arvioitaisi samoin kriteerein.

MATS
Mutta tarvitseeko ihmisiä arvioida?
Eikö ihmisiä voisi vain rakastaa?

PETER
Kyllä minusta ihmisiä täytyy arvioida.

STEFAN
Hei, en minä häntä vastusta.
Hän on ihan hyvä tyyppi.
Hän on vain lomalla täysi mulkku.
Kuin miehekäs lapsi.

PETER
Lapsista puheenollen. Oletteko
ajatelleet hankkia niitä?

STEFAN
En ole itse. Se olisikin
kauhea virhe.

MATS
En suosittele teille
lastenhankintaa jos haluatte
nauttia vapaudesta.

STEFAN
Miten niin?

MATS
Joka minuutti menee siihen
että joudutte tarkkailemaan
sitä ettei lapsi joudu vaaraan.
Joka minuutti menee siihen
että varotte ettei lapsi kuole.
Se on hirveän stressaavaa.

PETER
Varmasti se onkin.
Saatko mistään iloa enää?
Vapauksia?

MATS
Kyllä sitä joskus tulee
vedettyä kaljaa ja nautittua
saunailloista ja videopeleistä.

Stefan hymähtää.

STEFAN
Muistatko sen filosofisen
teorian mitä kerroin
sinulle Luulajassa?

MATS
Minkä?

STEFAN
Sen biljardipalloteorian.

MATS
Kyllä, muistan.
Eihän siitä ollut kuin
vuosi.

STEFAN
No minä aion testata tämän
luokkakokouksen
jäseniä kuin biljardipalloja.
Minun täytyy löytää
se joka murhasi
vaimoni. Tällä hetkellä
näen pelkkiä syyttömiä,
mutta totuus paljastuu
pian eikä se ole kovin

kaunista.

MATS
Se on oikea tie.
Ja niin sen täytyy mennäkin.

EXT. BOLMENIN NURMIKKO. PÄIVÄ. 2017

Tomas puhuu Lizan kanssa.
He puhuvat vakavan aikuismaiseen
sävyyn, kuin arvostaisivat toisiaan
hiljaisella tavalla.

LIZA
Hei oletko ollut mukana
etsivän töissä?

TOMAS
Kyllä. Olen ollut paljon
siinä mukana.

LIZA
Mikä on mielestäsi parasta
siinä?

TOMAS
Minusta parasta siinä
on löytää rikolliset, etsiä
ne ja surmata ne.

LIZA
Tehdä jotain oikeudenmukaisuuden
puolesta.

TOMAS
Kyllä, taistella ja tehdä jotain
sen puolesta.

CUT TO:

EXT. BOLMENIN NURMIKKO. PÄIVÄ. 2017.

Karl ja Marcus ovat yhdessä
pelaamassa petankia.

KARL
En pidä Stefanista ollenkaan.

MARCUS
En minäkään. Inhottava tyyppi.

KARL
Stefan onkin maailman negatiivisin
ja tylsin tyyppi kun sitä ajattelee.

MARCUS
En pidä siitä miten hän ei ole
tarttunut tilaisuuksiin, eläis vähän.
Tekisi joitain asioita itsekin.

KARL
Niin, hän on niin kulunut tyyppi.

MARCUS
Ja hän on vieläkin yksinäinen,
hän on vieläkin omissa oloissaan.

KARL
Miksei hän hanki elämää?

CUT TO:

EXT. BOLMENIN NURMIKKO. PÄIVÄ. 2017.

Jenny, Liza, Petra, Alma ja Tomas
ovat heittelemässä jääkiekkokortteja
mökin nurkkaan.

JENNY
Hei, Tomas. Mitä sinä teet
työksesi?

TOMAS
Olen ollut käännöshommissa
viime aikoina, ulkomailla.
Jätin etsivän työt koska
se alkoi kyllästyttämään.

JENNY
(maireasti)
Se onkin hyvä jättää kun ne
alkavat kyllästyttämään.

PETRA
Niin, noinkin komea mies
jättää ne.

LIZA
Ehkä meidän pitäisi suunnitella
jotain illaksi?

TOMAS
Niin kuin mitä?

LIZA
Kännien ottamista,
ehkä jotain muutakin
sen jälkeen.

TOMAS
Okei.

ALMA
Se kuulostaa hyvältä idealta.

Jenny kietoutuu Tomasin kylkeen.

Alma heittää kortin mökin seinään.

EXT. NURMIKKO BOLMENILLA. 2017.

Stefan, Mats ja Peter ovat yhdessä
pelaamassa petankia nurmikolla
kun heidän takansa ilmestyy
silmälasipäinen ja pienikokoinen
kumaran selän omaava
autistinen mies joka puhuu itsekseen.

AUTISTINEN MIES
Hei, tiedän kuka on murhaaja.
Murhaajan nimi oli Tomas.
Tomasilla on paljon kaunaa
Stefania kohtaan. Stefan
on hengenvaarassa Bolmenilla.

Miehet alkavat inhoamaan autistista
miestä, miettimään mikä häntä vaivaa.

STEFAN
Mitä vittua?

PETER
Vitun outoa.

STEFAN
Kuka vittu sinä olet?

AUTISTINEN MIES
Olen Jim. Jim on
Yhdysvalloista Ruotsiin
muuttanut autistinen mies.
Mies joka on rauhallinen.

MATS
Mikä on tarinasi?
Miksi muka tiedät
murhaajan nimen?

AUTISTINEN MIES
Koska hänen tyttöystävänsä
on serkkuni. Serkku on
minulle puoliksi rakas,
puoliksi vihollinen.

STEFAN
Lähde pois tältä saarelta.

AUTISTINEN MIES
Okei.

Autistinen mies lähtee pois.

MATS
Onko hän muka oikeassa?

STEFAN
Mitä hän sanoi?

PETER
Sitä että Tomas on murhaaja.

STEFAN
Onko Tomas murhaaja?

PETER
Se meidän täytyy selvittää.

MATS
Tällä saarella.

INT. BOLMENIN TUPA. YÖ. 2017.

Stefan herää.
Autistinen mies oli unta
jota hän näki.

EXT. BOLMENIN RANTA. KESKIPÄIVÄ 2017.

Sataa. Rantaa kuvataan,
se on puhtaan raikas.

EXT. BOLMENIN MÖKKI. ILTA

Stefan, Mats, Peter, Anders ja Tomas istuvat
suuren ympyränmuotoisen
pöydän äärellä. Alma, Ulma ja Jenny
liittyvät seuraan, samoin kuin Karl.

KARL
Pelaamme nyt hirsipuuta englanniksi.

ALMA
Nyt on hyvä aika pelata. Lapseni
syntyy pian. Kirjoitan sanan paperille.

STEFAN
Odotamme sitä.

Alma katsoo Stefania
myhäillen ja alkaa
kirjoittamaan paperille
hirsipuusanaa joka
on viisikirjaiminen.

Hän näyttää sen muille.

JENNY
Ahaa. En tiedäkään
tuota. Laitan sanan
I siihen.

Alma kirjoittaa I:n sanaan.

Tomas on kietoutuneena
Jennyn otteisiin.

TOMAS
En minäkään. Laitan sanan
O siihen.

Alma kirjoittaa O:n sanaan.

KARL
(vittuuntuneena)
No, Stefan.Tiedätkö mikä
se on?

STEFAN
Olisiko VOICE?

ALMA
Kyllä!

Porukka hämmästyy äänekkäästi.
Alma kirjoittaa sanan puhtaaksi.

JENNY
Mistä tiesit tuon?

STEFAN
Se on salaisuus.

Porukka ihmettelee taas
äänekkäästi.

TOMAS
Minä kirjoitan seuraavan.

STEFAN
Okei.

Tomas alkaa kirjoittamaan
kuusikirjaimista hirsipuusanaa.

Hän näyttää sen muille
luokkalaisille.

TOMAS
Tiedättekö mikä tämä on?

STEFAN
Olisiko GUITAR?

TOMAS
Kyllä.

Porukka hämmästyy uudemman
kerran, vielä suuremman kerran.

JENNY
Mistä ihmeestä tiedät
nuo asiat?

STEFAN
Tiedänpähän vain.

ULMA
Oikeasti, mistä tiedät nuo
sanat?

STEFAN
Näin unta niistä. Nyt on minun
vuoroni. Pelataan totuutta ja tehtävää.

JENNY
Okei.

TOMAS
Sopii minulle.

STEFAN
Kysyn Tomasilta ensin.
Haluatko totuuden vai
tehtävän?

TOMAS
Totuuden.

STEFAN
Mikä oli Waldo's Peoplen suurin hitti?

KARL
Waldo's People?
Oliko se suomalainen
yhtye?

STEFAN
Kysyn tätä Tomasilta.

Stefan tuijottaa Tomasia.

CUT TO:

INT. HUONE. 2002.

Takaumassa nuoremmat Mats, Stefan, Anders
ja Tomas ovat huoneessa laulamassa
Waldo's Peoplen U Drive Me Crazya.

STEFAN
Nyt teemme tästä taistelulaulumme.
Jotta löytäisimme murhaajan.

ANDERS
Pitääkö tuo muistaa ulkoa?

STEFAN
Pitää. Mutta
muista mielummin
ulkoa kaikki mikä
liittyy keissiin.

TOMAS
Muistan ulkoa kaiken.

STEFAN
Hyvä.

MATS
Tehtävästä voi tulla
mahdoton.

STEFAN
Olen samaa mieltä.
Tämä on vaikein keissi
missä olen ollut mukana.

CUT TO:

INT. BOLMENIN MÖKKI. 2017.

STEFAN
No, Tomas. Mikä se oli?

Tomas katsoo häntä
etäisen vihaisena.

TOMAS
En tiedä.
Eikä minua kiinnosta.

STEFAN
Ja visst...ja visst.

TOMAS
Mitä tarkoitat tuolla?

MATS
Oletko menettänyt muistisi?

STEFAN
Me lauloimme sitä yhdessä,
muistatko? Muistatko, Tomas?

TOMAS
En muista tuota yhtyettä
lainkaan.

ANDERS
Käsittämätöntä.

Tauko.

KARL
No saahan sitä nyt unohtaa
asioita.

JENNY
Niin, olen samaa mieltä
kuin Karl. Miksi te
puhutte siitä biisistä?

MATS
Olit mukana musiikkibisneksessä
mutta et kyennyt muistamaan
kyseistä kappaletta.

STEFAN
Mitä? Olitko mukana
musiikkibisneksessä?

TOMAS
Kyllä olin. Kauan sitten.

STEFAN
Miksen minä tiennyt tästä?

MATS
Ei tämä tullut ikinä

mukaan jutteluihimme.

STEFAN
Hei, miehet lähdetään
paikalta. Haluan jutella teille.

Tomas katsoo maahan
mietteliäänä.

Stefan, Peter, Anders ja Mats lähtevät
tuvasta ulos.

He keskustelevat mutta heidän
keskustelustaan ei saa selvää.

Pian kamera kuvaa lähempänä heidän
keskusteluaan josta saa selvää.

STEFAN
Mitä meidän pitäisi tehdä?

MATS
Emme voi tehdä rikosilmoitusta.

ANDERS
Emme voikaan.

Yhtäkkiä mökistä kuuluu naisen huutoa.

Miehet ottavat käsiaseet
esille aikeenaan rientää
takaisin mökille.

Yhtäkkiä Alma Linna
kävelee mökistä ulos verisenä.
Sitten hän kaatuu ja kuolee
maahan.

Stefan huomaa Tomasin juoksevan
kohti metsää. Hän lähtee Tomasin
perään.

Metsä on pimeä Stefanin
jahdatessa Tomasia.

Stefan ampuu Tomasia kohti.

Tomas juoksee edelleen lujaa kauemmas.
Yhtäkkiä hän kaatuu.

Stefan tavoittaa Tomasin ja osoittaa
häntä aseella.

STEFAN
Sinä siis olit se joka murhasi
hänet?

TOMAS
Kyllä. Olin se.

Stefan tiukentaa otettaan aseesta.

TOMAS
Ennen kuin kuolen minulla
on sanottavaa sinulle.

STEFAN
Mitä?

TOMAS
Mieti mitä tapahtui Ruotsinlaivan
kannella.

STEFAN
Milloin?

TOMAS
Vuonna 1998.

STEFAN
Muistan sen, jotenkin.

TOMAS
Yritä muistaa.
Sillä tämä ei ole ohi.

Stefan ampuu Tomasia neljä kertaa
ja Tomas kuolee.

Kuva kääntyy kuvaamaan Stefanin
kasvoja.

EXT. RUOTSINLAIVAN KANSI. 1998.

Takaumassa Stefan ja Tomas
ovat Ruotsinlaivan kannella
polttamassa tupakkaa. Heidän
seuraansa liittyy Hanna Lund.

STEFAN
Hei Hanna. Mukava tavata.

HANNA
Mukava tavata sinuakin,
Stefan, näin ensimmäistä kertaa.

STEFAN
Mistä te tunnette toisenne?

HANNA
Olemme vanhoja ystäviä,
tutustuimme rock-piireissä.

TOMAS
Ja on kuin olisimme tunteneet
toisemme ikuisesti.

HANNA
Miksi sinä noin sanot, Tomas?

TOMAS
Miten niin?

HANNA
En minä tunne sinua vieläkään.

TOMAS
Miksi sanot noin?

HANNA
Koska se on totta?
En ikinä opi tuntemaan sinua.

TOMAS
Minussa on niin paljon...

HANNA
Mitä? Mitä sinussa on niin paljon?
Kerro se.

TOMAS
En löydä sanoja.

HANNA
”Et löydä sanoja.”

TOMAS
Niin en löydä sanoja.

HANNA
Mikä tyhmä neitimäinen vastaus.

Tomas lähtee pois.

Tomas kävelee hyttiinsä
pitkän matkaa itkien
ilman kyyneleitä.

Tomas kohtaa hytin edessä
Stefanin joka ei sano mitään.

TOMAS
Olen kärsinyt viimeiset
kaksi vuotta ihmisten
pilkasta!

Stefan lähtee pois.
Hän alkaa kävelemään
pitkää käytävää hitaasti
noin minuutin ajan.

Stefan kohtaa käytävällä
Vicky M.-nimisen naisen.
Hänellä on punaisenväriset
rastahiukset.

Tomas on hytissään itkemässä.

Vicky M. koputtaa siihen.

Tomas avaa oven.
Vicky M. astuu sisään hyttiin.

Stefan on hytin ulkopuolella.

TOMAS
Mitä vittua sinä teet täällä?

Tomas kulkee pettyneenä
sänkyynsä istumaan.

Vicky M. alkaa lähestymään
häntä.

VICKY M.
Hyvää syntymäpäivää, Tomas.
Hyvää syntymäpäivää.

Vicky M. ottaa rintaliivinsä
pois ja siirtää Tomasin
vuoteelle makaamaan.

KOLMAS OSA

Heti toisen osan lopun jälkeen
Claudine Longetin
tulkitsema L'amour est bleu
alkaa soimaan taustalla
alusta loppuun
samalla kun tummansininen
meri aaltoilee romanttisesti.

INT. HUONE. YÖ.

Karolina Lundbergiä haastatellaan
musiikkiohjelman videopätkässä.
Juontaja on positiivinen, innokas
nuori mies. Karolina on haastattelussa
apean ujo ja melankolinen. Hänellä on yllään
musta college-paita ja jaloissaan mustat
kengät. Haastattelu on vuodelta 1999.

Tuntematon mies katselee hänen
haastatteluaan.

JUONTAJA
Karolina, olet luonut uraa
laulajana. Laulat sekä europoppia
että vanhahtavaa, romanttista iskelmää.
Kumpi näistä on mielestäsi parempaa
musiikkia?

KAROLINA
Jälkimmäinen tietenkin. Se muistuttaa
minua kissan tepastelusta.

JUONTAJA
Niin, äänesi on kuin kissan,
se täytyy myöntää.

KAROLINA
Minun täytyy sanoa että
europop, tulee
olemaan vanhentunutta
tulevaisuudessa,
se katoaa ja haalistuu.

JUONTAJA
Tämä on siis ennustuksesi

tulevaisuutta kohtaan?
Se voi pitää paikkansa.
En itse osaa sanoa mikä
poistuu muodista ja mikä
palaa muotiin ja mikä jää
elämään.

KAROLINA
Siihen tarvitaan vain
tietoa ilmiöistä ja tietoa
kollektiivisesta hengen
virtauksesta.

JUONTAJA
Aivan. No mitä tulevaisuuden-
suunnitelmia sinulla on?

KAROLINA
Haluan kirjoittaa kirjoja,
romanttista runoutta, siis ja
ehkä mennä opiskelemaan.

JUONTAJA
Pidätkö musiikkibisneksestä?

KAROLINA
En pidä, en pidä ollenkaan.
Haluankin eroon siitä mahdollisimman
pian.

JUONTAJA
Miksi haluat eroon siitä?

KAROLINA
Koska koen petturuutta ja
pakottamista melkein viikottain.

JUONTAJA
Ymmärrän.

KAROLINA
Ei olisi pitänyt sanoa tuota.
Suututin varmaan monta ihmistä.
Mutta haluan pitää itsestäni huolta,
myös omista oikeuksistani.

JUONTAJA
Haluat vapautta siitä?

KAROLINA
Kyllä. Haluan omat rajani.

JUONTAJA
Haluatko saavuttaa luvatun maan,
paikan auringossa?

KAROLINA
Mielessäni on juuri nuo
mainitsemasi asiat.

EXT. MOOTTORITIE. ILTA.

Vicky M. ajaa pitkin moottoritietä
syksyisenä iltana. Moottoritie näkyy
kuvassa pimeänä. Vicky polttaa
tupakkaa autossa, hänellä on
samppanjapullo sekä käsiase.
L'amour est bleu soi hiljaa
taustalla.

Moottoritie näkyy kuvassa
pitkän aikaa pimeänä ja tummana.

Auto ajaa sitä kuin taskulamppu
valaisisi syvää, synkkää pimeyttä.

Vicky pitelee Tomasin kuvaa
kädessään.

INT. ARKISTOHUONE. ILTA

Mies katselee videomateriaalia
Karolina Lundbergistä. Miehen
vieressä on Stefan.

EXT. KERROSTALO.

On syksy. Kerrostaloa jossa Stefan asuu kuvataan ulkoapäin
eri kulmista. Myös Bromman kaupunginosan maisemaa
kuvataan monesta suunnasta kerrostalon lähietäisyydeltä.
Myös Stefanin bussimatkaa Peterin luokse kuvataan,
Stefanin käden ollessa hänen poskiensa päällä ja hänen
kasvojensa ollessa miettiliäät matkan aikana.
Peter ei näy vielä kuvassa. Peter puhuu äänellä
joka on isällisen viisas ja ovelan viaton samaan aikaan.

Stefan soittaa Peterille.

PETER
Hei, Peter puhelimessa.

STEFAN
Hei, Peter.
Mitä sinulle kuuluu?

PETER
No, ihan hyvää tässä
viime aikoina.
Mites sinulle kuuluu?

STEFAN
Ihan hyvää. Olen viime aikoina
lukenut Rimbaud'n runoutta sekä
ruotsiksi että ranskaksi. Olen
lukenut myös Tranströmerin runoutta.

PETER
Tuo onkin kiehtovaa. Itse en ole
paneutunut viime aikoina runouteen.
Olen enemmänkin keskittynyt loogisuutta
vaativiin asioihin.

STEFAN
Kuten mihin?

PETER
Kvanttifysiikkaan ja matematiikkaan.

STEFAN
Olen tässä valmistautumassa
arvosanoja korottaviin
lukio-opintoihini.
Minulla on paljon kursseja
unohtunut muististani.
Olen ajatellut mennä
opiskeleman yliopistoon.

PETER
Mitä olet ajatellut opiskella
yliopistossa?

STEFAN
Kieli- ja käännöstiedettä.

PETER
Itseäni kiinnostaisi aloittaa

teoreettisen fysiikan
opinnot uudestaan.

STEFAN
Ai. Minä en tuosta tiedä
oikeastaan mitään.

PETER
Ei sinun tarvitsekaan.
Ehkä ne sopivatkin sinulle, ne
kielitieteet, sillä
olet senverran syvällinen tyyppi
että filosofia tai joku muu aine
olisi liian syvällistä koska
niihin uppoaa liikaa. Kielet
ovat hyvä tavoite.
Näen tämän hedelmällisenä.

STEFAN
Niin, tämä on hedelmällisen
kiehtovaa aikakautta. On kiva
seurata maailman tapahtumia.

PETER
Koska ne talviolympialaiset
muuten alkavat?

STEFAN
Kahden viikon päästä.

PETER
Missä ne pidettiinkään?

STEFAN
Etelä-Koreassa. En muista
kaupungin nimeä.

PETER
Et siis ole vielä löytänyt Karolinaa?

STEFAN
En ole. Siksi tulen luoksesi.
Ja aion kertoa sinulle johtolankoja
jotta saat auttaa minua keissin
selvittämisessä.

PETER

Voisin muuten auttaa sinua siinä
keississä. Minulla on paljon kotiaskareita
mutta autan sinua niin paljon kuin pystyn.

STEFAN
Kiitos. Tuo merkitsee paljon.

PETER
Tapasin Karolinan muuten Roskilden
festivaalilla. Se taisi olla vuonna 1999.
Matkustelin silloin paljon ympäri Eurooppaa.

STEFAN
Ai. Minä taas en tavannut häntä
koskaan. Mutta sain nimikirjoituksen
häneltä vuonna 2000.

Samaan aikaan asuntojen seiniä
kuvataan ja niiden sisältöä,
sitä mitä niiden takana piilee.
Kuva kiertää seiniä ylhäältä alaspäin.

Tauko.

PETER
Mihin kellonaikaan sinulle sopii
tulla tänne?

STEFAN
Kello 15.00 olisi hyvä
aika.

EXT. BUSSIPYSÄKKI. ILTAPÄIVÄ.

Stefan saapuu Peterin kotikulmille,
Södermalmin kaupunginosaan. Peterillä on
nahkatakki, enimmäkseen kaljuuntuneet hiukset,
silmälasit ja lyhyt sääliä aiheuttava ulkomuoto.

PETER
(hymyillen)
Hei. Pitkästä aikaa.

STEFAN
(hymyillen)
Hei. Vanha toverini Peter.

PETER
Vanha toverini, Stefan.

Peter sytyttää tupakan.
Stefan tekee samoin.

He alkavat kävelemään hitaasti.
Molemmat katsovat välillä alaspäin.

STEFAN
(viisaasti)
Tutustuin tässä siihen kielitieteeseen.
Näiden etsivähommien jälkeen aion
luoda säännönmukaisen elämän.

PETER
Säännönmukaisen elämän?
Mitä se tarkoittaa?

STEFAN
Luoda intohimoinen mutta älyllisesti
järjestelmällinen ja säännönmukainen
elämä.

PETER
(innostuen)
Niin, minullakin on säännönmukainen
elämä. Teen kotiaskareita ja opiskelen
kotona.

STEFAN
Sinulla onkin ollut hyvä pohja elämälle.

PETER
Kyllä, muistan lukioajat, se yhteisöllisyys
mikä koulussa oli, se yhteishenki, se oli
erittäin antoisaa ja mieleenpainuvaa.

STEFAN
Se on yksi elämän hienoista puolista,
se akateeminen vapaus.

PETER
Olen samaa mieltä.

STEFAN
Minulla on suuria suunnitelmia
meidän tapaamisiin.

PETER
Minulla taas ei ole.

                    STEFAN
          Minulla on motiivi tavata
        sinut koska tunsit Karolinan.

                    PETER
          Ajatteletko häntä liikaa?

                    STEFAN
          Ajattelen. Mutta minulla
             on myös muutakin
             kuin motiiveja ja
               suunnitelmia.
              Minulla on myös
              halu tavata sinut
        koska olet vanha ystäväni.

        INT. PETERIN ASUNNON PARVEKE. ILTA.

          Peter ja Stefan sytyttävät tupakan.

                    PETER
          Ai kun on kaunis talvinen taivas.

                    STEFAN
        Se on kaikkein kauneinta talvella.
        Ainakin parvekkeiden tunnelmassa.

                    PETER
          Oletko lähempänä Karolinan
                löytämistä?

                    STEFAN
          Löysin johtolangan. Hän on
                ehkä elossa.

                    STEFAN
        Ajattelen paljon sitä mitä Bolmenilla
          tapahtui kolme vuotta sitten.

                    PETER
            Niin minäkin. Nyt on vuosi
            2020. Mutta en ole saanut
              Bolmenia mielestäni.

                    STEFAN
            Tapoin sen saatanan
            Tomasin. Mutten ole
          saanut hänen tekojaan

mielestäni. Liza teki
itsemurhan myöhemmin.
Jennykin kuoli muuten.
Samalla tavalla kuin
Petra joka otti yliannostuksen
pillereitä ja kuoli.

PETER
Se oli järkyttävää aikaa
meille kaikille.
Miksiköhän Lisa teki
sen?

STEFAN
Luultavasti hän oli
niin järkyttynyt Tomasin
puolesta. Kaikki he
tekivät sen hänen vuokseen.

PETER
En usko että hän
teki sitä muuten vain.

Tauko.

PETER (C'ntinued)
Entä onko ollut ongelmia
sen jälkeen?

STEFAN
No nyt minulla on naismurhaaja
metsästettäväni. Se on ongelmani.

PETER
Nainen saattaa jahdata sinuakin.

STEFAN
Luultavasti.

PETER
Mitä aiot tehdä?

STEFAN
Odottaa.

PETER
Entä Karolina?

STEFAN
Menen Melodinfestivalille tuossa
myöhempänä.

PETER
Hyvä suunnitelma.

EXT. TIE JOSSAIN PÄIN RUOTSIA. AAMU.

Rekka ajaa pitkin tietä.
Rekassa oleva nainen puhuu
älypuhelimeen.

NAINEN
Mitä? Okei.
Okei. Hän on siis
Tukholmassa jälleen.
Kerrotko kaupunginosan
ja tarkan osoitteen.

Sen jälkeen
rekka kääntyy avaran
talvimaiseman tiellä.

EXT. PIHA. KESKIPÄIVÄ.

Stefan istuu riippukeinussa
polttaen piippua.

Hän alkaa muistelemaan.

CUT TO:

EXT. MYRSKYINEN KATU
MEREN RANNALLA. ILTA. 1995.

Takaumassa Stefan ja Tomas kävelevät
tuulisessa sateessa. He
ovat molemmat
hilpeitä ja hymyileviä.

STEFAN
(hymyillen)
Hei, mikä on puoliksi rahoissa,
puoliksi Ruotsissa,
kuulostaa hip-hop-laululta
ja mitä ei ole olemassa?

TOMAS

Mitä?

STEFAN
Ruotsalaiset presidentit.

Tomas nauraa hidasjärkisesti.

TOMAS
Aika hyvä vitsi.

STEFAN
(Naurahtaen)
Niin, hyvä vitsi.

TOMAS
(nauraen)
Kuuntelin Toolin
levyä viime aikoina.

STEFAN
Mikä on Toolin paras levy
sinun mielestäsi?

TOMAS
Aenima.

STEFAN
Siinä onkin puhelinkeskustelu.
Kuuntelen Toolia puhelinkeskustelujen
takia.

TOMAS
Hahhaa.

Stefan hymyilee Tomasille.
Tomas hymyilee Stefanille.

TOMAS
Kunpa tämä
ei ikinä loppuisi.

Stefan katsoo häntä
haikeana.

EXT. MELODIFESTIVALEN (ELI
EUROVIISUJEN KARSINNAT). PÄIVÄ.

Stefan kävelee ihmisvilinässä
kulkien ihmisten välitse,
ihmisten jotka seuraavat
musiikkiesitystä

Stefan ei löydä Karolinaa.

EXT. SATEINEN TUKHOLMA. ILTA.

INT. PARVEKE. ILTA

Sataa Tukholmassa.
Stefan saa puhelun tuntemattomalta
naiselta.

NAISEN ÄÄNI
Hei, pyydän sinua käymään
täällä kämpässäni.

STEFAN
Okei. Tulen aseen kanssa
sinne, varmuuden vuoksi.

NAISEN ÄÄNI
Saat tulla muttei se ole tarpeen.
Sillä tunnen sinut paremmin.
Ja opit tuntemaan minutkin.

STEFAN
Kuka olet?

NAISEN ÄÄNI
Sen saat tietää monella
tavalla ja myös koko
tämän mysteerin
kaikessa kauheudessaan.

STEFAN
Kauheudessaan.

NAISEN ÄÄNI
Kauheudessaan tosiaan.

EXT. SATEINEN TUKHOLMA. ILTA

INT. METROASEMA. ILTA.

Stefan kävelee metroasemalla.
Hän astuu metrosta sisään.

Nainen laittaa sormensa
ovien väliin. Näin astuu sisään
Vicky M. Vicky on laiha,
lakonisen ja tuiman näköinen
nainen.

Vicky M. istuutuu alas.

Stefan istuutuu toiselle puolen
häntä.

Vickyllä on käsissään
sateenvarjo joka on
myrkkypanoksilla
varustettu ase.
Hän laittaa panokset
sen sisään salaa
sateenvarjon ollessa
piilossa.

Sitten hän ottaa sateenvarjon
oikealle kädelleen ja siirtää
sen toiselle puolen kohti Stefania.
Tämä tapahtuu hidastetusti.

Stefan hyppää ulos istuimeltaan
hidastetusti ja alkaa juoksemaan
kauemmas Vickyn luota.

Vicky alkaa jahtaamaan
Stefania joka juoksee ulos
metrosta.

Stefan juoksee rullaportaita
ylöspäin. Vicky seuraa
häntä.

CUT TO:

EXT. TUKHOLMAN KATU. PÄIVÄ.

Stefan ottaa kadulla taksin.

Vicky ei ehdi tavoittamaan häntä.

INT. TAKSI. PÄIVÄ.

Stefan soittaa kännykällään
poliisille.

STEFAN
(kiireisesti)
Hei, olen Stefan Holm.
Minua jahdattiin metrossa
tänään. Jahtaaja oli nainen
joka yritti tappaa minut.

MIEHEN ÄÄNI
Okei. Kantoiko hän asetta
vai mitä?

STEFAN
Hän kantoi sateenvarjoa
joka oli ase.

MIEHEN ÄÄNI
Ihanko totta?

STEFAN
Kyllä.

MIEHEN ÄÄNI
Oletko ottanut lääkkeesi?

STEFAN
Mitä? Tämä on aivan totta.

MIEHEN ÄÄNI
Niin varmaan.
Niin varmaan.

Stefan sulkee vihaisena
puhelimensa.

INT. YÖKERHO.

Vicky M. saapuu yökerhoon.
Hän pyytää baarimikolta
rahasumman jonka lopulta
ottaa väkisin.

Hän tervehtii kahta miestä
jotka istuutuvat baariin

juttelemaan.

Sitten
Vicky M. alkaa tanssimaan
tuntemattoman
naisen kanssa yökerhossa.

Tanssia kestää minuutin.

Vicky M. istuutuu
miesten luokse.

MIES
Hieno ilta.

VICKY M.
Tässä oma osuutesi.
Yritin parhaani.

MIES 2
Miksi et saanut tehtyä
tehtävääsi?

VICKY M.
Hän pakeni juuri oikealla
hetkellä.

MIES
Mitä sinulla oikeasti
on Stefania
vastaan?

VICKY M.
Mitä tarkoitat?

MIES
Oletko messissä tässä
jutussa?

VICKY M.
Olenko messissä?
Aah, kertoisinko sinulle
että olen täysin messissä?

MIES
Okei. Kysyn uudelleen.
Mitä sinulla oikeasti on
Stefania vastaan?

                    VICKY M.
                   (ajatellen)
              Halveksun häntä suuresti.
               Onhan hän söpö mutta
            haluan tappaa hänet kuoliaaksi.

                    VICKY M.
                    (puhuen)
                Hän on paskanpala.

                     MIES
              Haluatko tappaa hänet?

                    VICKY M.
                   (ajatellen)
                Haluan tappaa hänet
                 kuin rakastelen,
              hitaasti ja kylmäverisesti.

                    VICKY M.
                    (puhuen)
                Haluan hirttää hänet
                   munista.

              Yhtäkkiä poliisimies
             ilmestyy paikalle ja ottaa
             Vicky M.:n huomaansa.

                  POLIISIMIES
               Victoria Marklund.
                Sinut on pidätetty.

              Vicky M. yrittää paeta.
                Mutta poliisimies
               osoittaa häntä aseella.

         EXT. MELODIFESTIVALEN. ILTAPÄIVÄ.

              Naislaulaja laulaa kiehtovaa
              laulua todella kova-äänisesti.

              EXT. KATOS. ILTAPÄIVÄ.

       Samaan aikaan kun naislaulajan laulu kuuluu,
           sataa rankasti. Stefan on katoksen alla
          tupakoimassa. Yhtäkkiä hänen viereensä
                   tupsahtaa Peter.

PETER
Hei, Stefan.

STEFAN
Heipä sinulle.

PETER
Oletko jo löytänyt Karolinan?

STEFAN
En ole. Olen tässä yrittänyt
olla pitkin.

PETER
Ahaa, sillä taisin löytää Karolinasi.

STEFAN
Tiedätkö missä hän asuu.

PETER
En ole vielä varma siitä.
Mutta kotonani saan tiedon
siitä. Hän on nimittäin
serkkuni ystävä.

STEFAN
Serkkusi ystävä? Ai jaa.
Hienoa että olet olemassa.
Kiitos siitä.

PETER
Soitan sinulle tänä iltana, sopiiko?

STEFAN
Ookoo.

EXT. ASUNNON PARVEKE. ILTA

Stefanin asunnon parveketta kuvataan
kaukaa ja läheltä.

PETERIN ÄÄNI
Hei, tässä Peter.
Aika kovia nämä sateet.

STEFANIN ÄÄNI
Niin ovatkin kovia.

PETERIN ÄÄNI
Hei tuota, halusit tietää
Karolinasta jotain?

STEFANIN ÄÄNI
Kerro vaan kaveri.

PETERIN ÄÄNI
Hän asuu Pohjois-Tukholmassa,
lähellä Husbyä.

STEFANIN ÄÄNI
Okei. Kerro missä?

EXT. RINNE. ILTA

Asunto on keskellä metsikköä
korkean rinteen päällä. Stefan
nousee pelkääjän paikalta autosta
ja kävelee asunnon luokse.

Stefan ilmestyy ovelle. Karolina
on häntä vastassa

INT. KAROLINAN ASUNTO. ILTA

Karolina Lundberg on platinablondi,
hän näyttää viisaalta, rauhalliselta
ja apean tyytyväiseltä.

STEFAN
Hei, Karolina.
Olen etsinyt sinua
jo pitkään.

KAROLINA
Hei Stefan.

STEFAN
Miksi olet niin hiljainen?

KAROLINA
En ole. Olen vain
häkeltynyt.

STEFAN
Okei. Mitä sinulla
on kerrottavana minulle?

KAROLINA
Minulla on näyttää
sinulle muutama
videopätkä.

STEFAN
Ja kerrot minulle
tästä keissistä,
eikö niin?

KAROLINA
Kyllä.

STEFAN
Kerrot minulle kaiken?

KAROLINA
Kyllä.

STEFAN
Okei.

KAROLINA
Tomas se siis oli.
Hän olikin loppuvuosinaan
ovela kettu, pääsi monesti
pälkähästä.

STEFAN
Tomas oli paska ihminen.

KAROLINA
Tässä on videonauha
jota et ole nähnyt.

STEFAN
Miltä vuodelta se on?

KAROLINA
Vuodelta 2001.

STEFAN
Voi ei.

KAROLINA
Ajattelin että haluaisit
nähdä tämän. Tosin,
jos olisin sinä en luultavasti
haluaisi.

STEFAN
No mikä ettei.

Karolina laittaa videonauhan
pyörimään. Siinä näkyvät
Tomas ja Hanna.

Stefan joutuu katsomaan
Tomasin ja Hannan yhteistä
videohaastattelua. Kamera
kuvaa Stefania joka
on pettynyt ja suuttuneen
hämmentynyt.

HAASTATTELIJA
Mikä on teidän yhteisen
projektinne Melodin
tarkoitus?

HANNA
Me teemme cover-versioita
ranskalaisista lauluista.

TOMAS
Ja teemme niitä ruotsiksi.

HAASTATTELIJA
Mikä teidän Melodi-yhtyeen
nimen alkuperä on?

TOMAS
Melodi kuvaa hyvin sitä musiikkia
mitä me teemme.

HANNA
Niin, musiikki on hentoa,
sivistynyttä ja naisellista.

HAASTATTELIJA
Teettekö te uudet
versiot kappaleista?

HANNA
Kyllä teemme.

HAASTATTELIJA
Ovatko ne taiteellisesti

omaehtoisia?

HANNA
Kyllä ovat.

TOMAS
Ne ovat legendaarisen
mahtavia, älyllisiä sanoituksia.

INT. KAROLINAN ASUNTO. ILTA

KAROLINA
Viikko tuon haastattelun jälkeen
Hanna heivasi Tomasin pois
duosta ja löysi siihen toisen jäsenen.
Sitten kului viisi päivää kunnes
Tomas tappoi Hannan.

STEFAN
Mistä tiedät tarkan päivämäärän?

KAROLINA
Koska Tomas kertoi sen minulle
ennen kuin lähti matkustelemaan
ulkomaille.

STEFAN
Miksen minä tiennyt tuosta asiasta?
Miksei minulle ilmoitettu siitä?

KAROLINA
Koska se kaikki tapahtui
niin nopeasti. Eikä tuota
juttua julkaistu. Haastattelija
teki itsemurhan sen jälkeen
kun Tomas oli kiristänyt häntä.

STEFAN
Tomas oli hyvin vauras mies.

KAROLINA
Niin, hän hallitsi koko
Ruotsin musiikkibisnestä.
Mutta tekikin sen salaa,
etäisesti.

Karolina nousee ja laittaa
Manaajan tunnuskappaleen
soimaan.

STEFAN
Onko sinulla vielä muuta
kerrottavaa?

KAROLINA
On. Vicky oli Tomasin
tyttöstävä ja sai hänet
inhoamaan Hannaa.
Tomas taas sai Vickyn
inhoamaan sinua.

STEFAN
Miten se tapahtui?

KAROLINA
Hän oli kateellinen sinulle
muttei ikinä uskaltanut
näyttää sitä. Ei hän
uskaltanut tappaa sinua,
hän laittoi Vickyn sille
asialle.

STEFAN
Nyt on vuosi 2018.
Aiotko tehdä comebackin?

KAROLINA
En aio. Nautin erakkoelämästä.
Huomasin jossain vaiheessa
että nautin yksinolosta niin
paljon etten tarvitse muuta.

STEFAN
Miksi Tomas sai tehdä
tehtävänsä niin vapaana?

KAROLINA
Koska naiset rakastivat häntä.
Naiset tukivat
häntä.

STEFAN
Mutta et sinä.

KAROLINA
En minä.
Naiset pitivät häntä

hyvin viehättävänä.

STEFAN
Sääli. Mikä sääli.

STEFAN (C'NTINUED)
Koetko olevasi yksinäinen?

KAROLINA
En koe.

STEFAN
Vielä yksi kysymys.
Olitko sinä Neiti X?

KAROLINA
Kyllä, kyllä olin.

STEFAN
Ai niin minulla on vielä
yksi kysymys. Olitko
se Naispaholainen?

KAROLINA
Olin.

Stefan alkaa kulkemaan
pitkin asuntoa murheissaan.

Pian Karolina pitelee häntä olkapäästä.

STEFAN
Entä mitä sanottavaa sinulla
on nyt minulle kaiken tämän jälkeen?

KAROLINA
Ei mitään. Nauti elämästäsi
kun olet päässyt vapaaksi.

STEFAN
(myhäillen)
Päässyt vapaaksi.

EXT. RAKENNUKSEN PIHA. YÖ.

Stefan lähtee yöhön
ja sytyttää tupakan.

Karolina ilmestyy hänen

taaksensa.

KAROLINA
Eikä kaikki ole niin
surullista, enää. Elämäsi
voi muuttua, voit löytää
jonkun toisen.

STEFAN
Lähden autolle päin.

INT. AUTO. YÖ.

Stefan ajaa yössä melankolisena
ja L'amour est bleu soi taustalla.
Hän laulaa sitä samalla kun se soi.
Tie on musta ja pimeä.

Loppu.